BRETECHER

édité par l'auteur

© CLAIRE BRETECHER
ISBN 2-901076-20-3
Imprimé en Espagne par Printer Ind. Gráfica, S.A.
Barcelone. D.L.B. 38042-1995

LE CLUB des POÈTES

DEPANNAGE

mon credo

INVASION

MA VIE SECRÈTE

JUNIOR

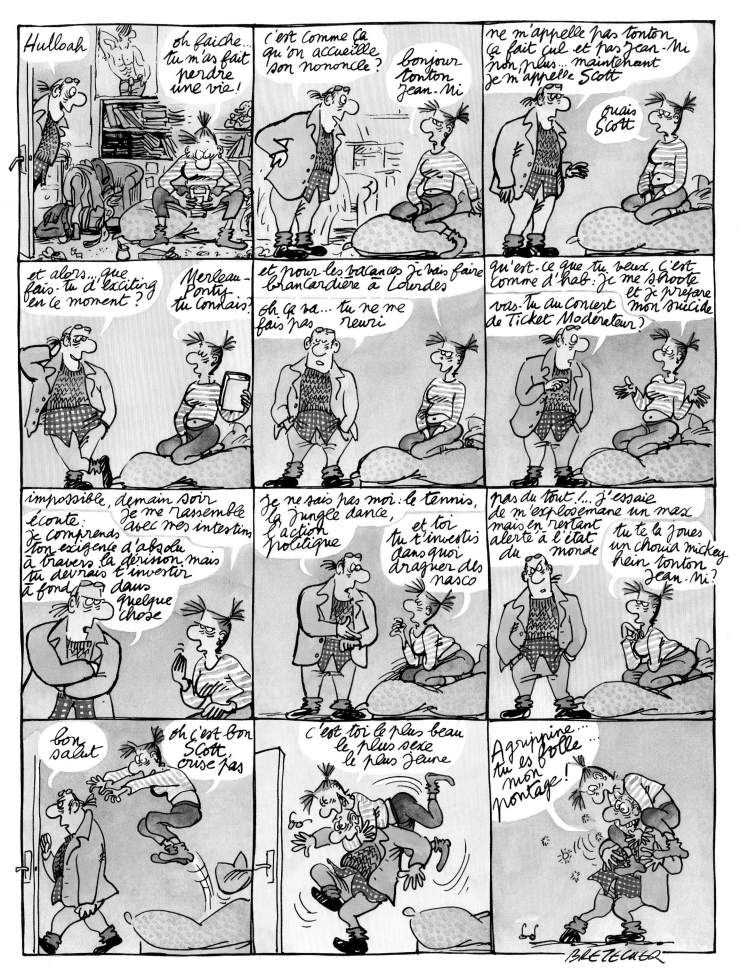

Dissidence

objectif

LES JUSTES

SOLITUDES

MEMOIRES

NICOTINE

STAR SYSTÈME

16

LE DÉCODEUR

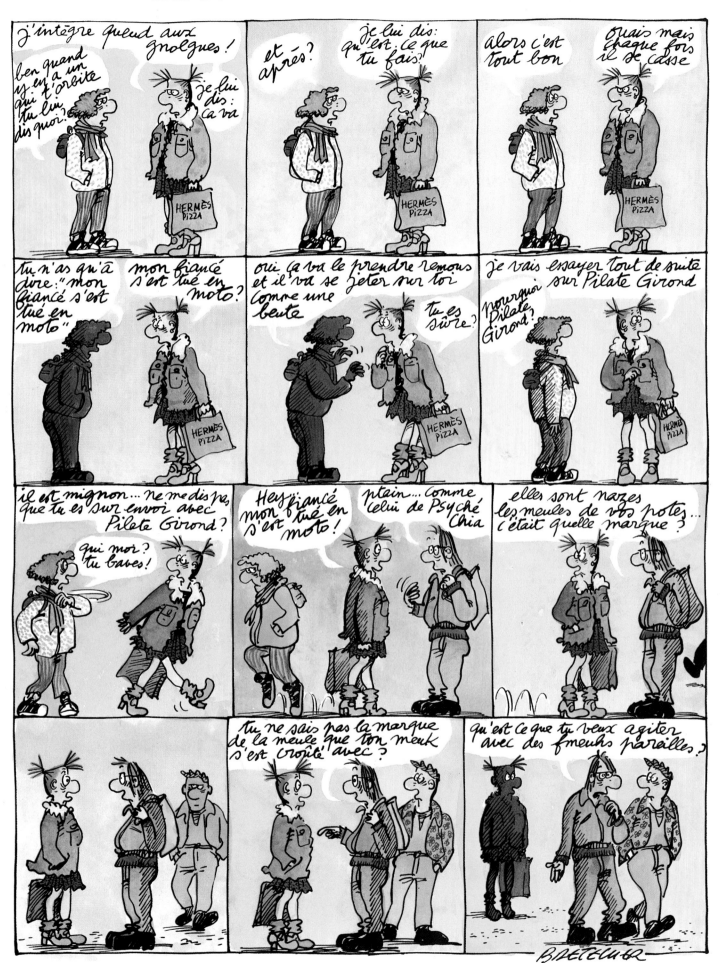

Romance

LA BECQUÉE

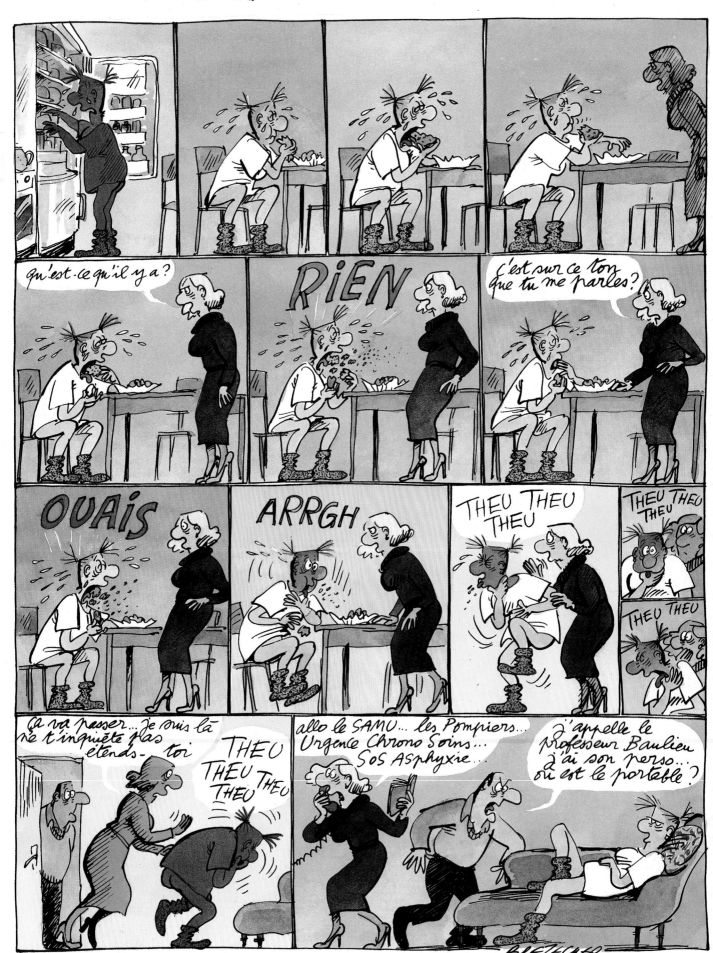

RAPACES

faux-fuyants

LES GAULOIS

sur écoute

HUMANITAIRE

Littérature

mon oncle

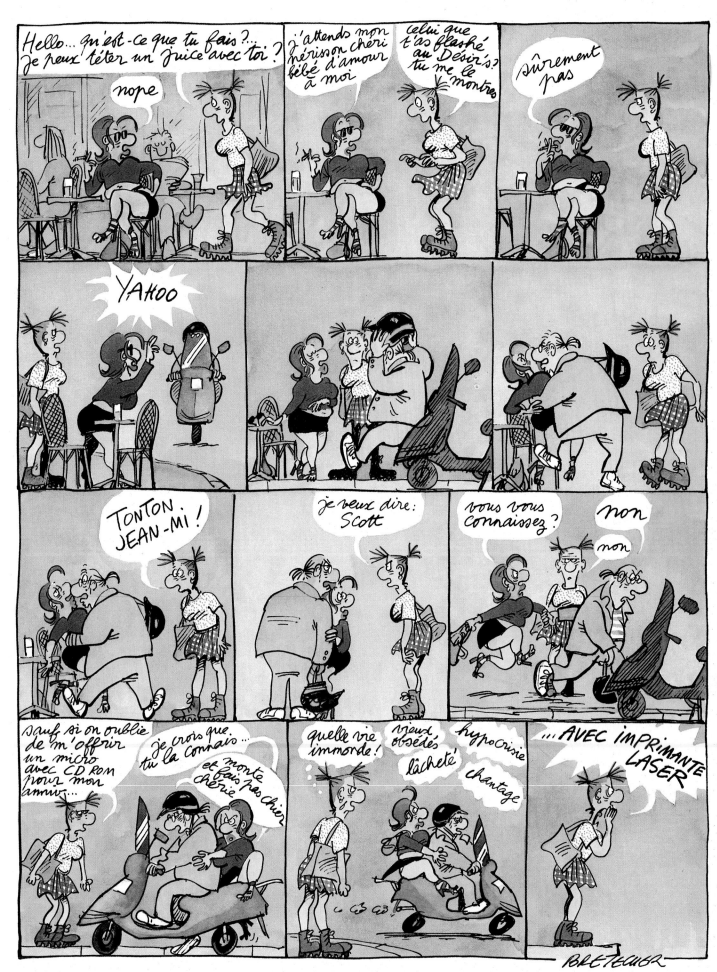

CAPRICCIO

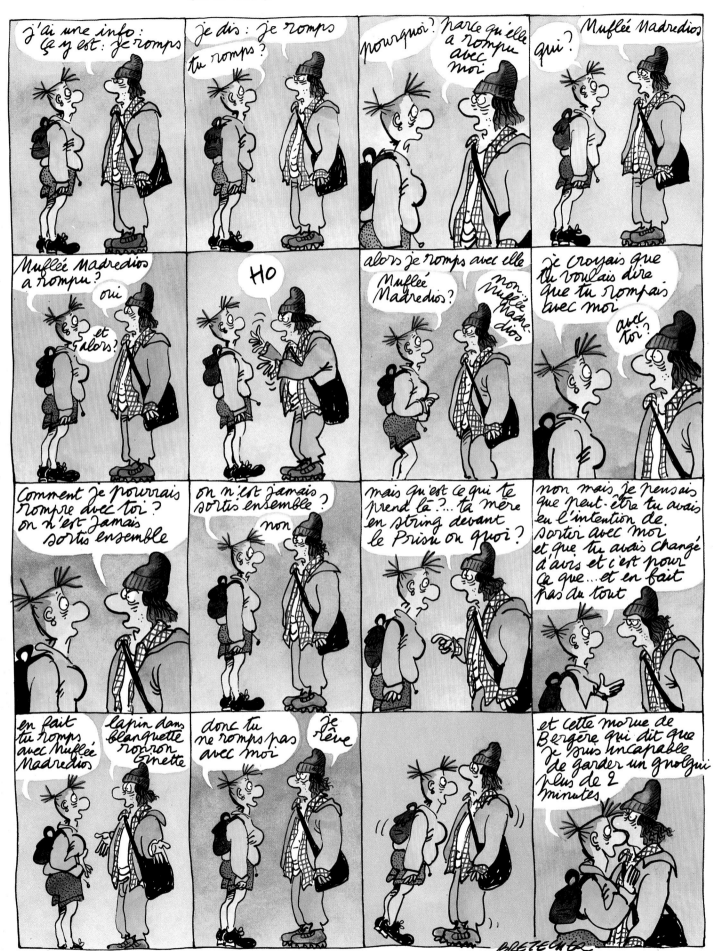

Agrippine cesse de te regarder, dans la glace, tu m'énerves

cesse de te regarder dans la vitre de la bibliothèque

cesse de te regarder dans le micro-onde,

cesse de te regarder dans la litho de Soulages

cesse de te regarder dans mes Ray-Ban

cesse de te regarder dans le pied de la lampe 30

cesse de te regarder dans le pot de confiture de mûres,

cesse de te regarder dans la bouteille de Gruau-Larose

C'EST FLEURY-MÉROGIS ICI SANS DÉC !... ON PEUT PAS ME LÂCHER LA MEMBRANE 3 MINUTES NON ?

maman... Agrippine se regarde dans les Weston de Papa

BRETECHER

PARASITES*

AU BAGNE

INITIATION

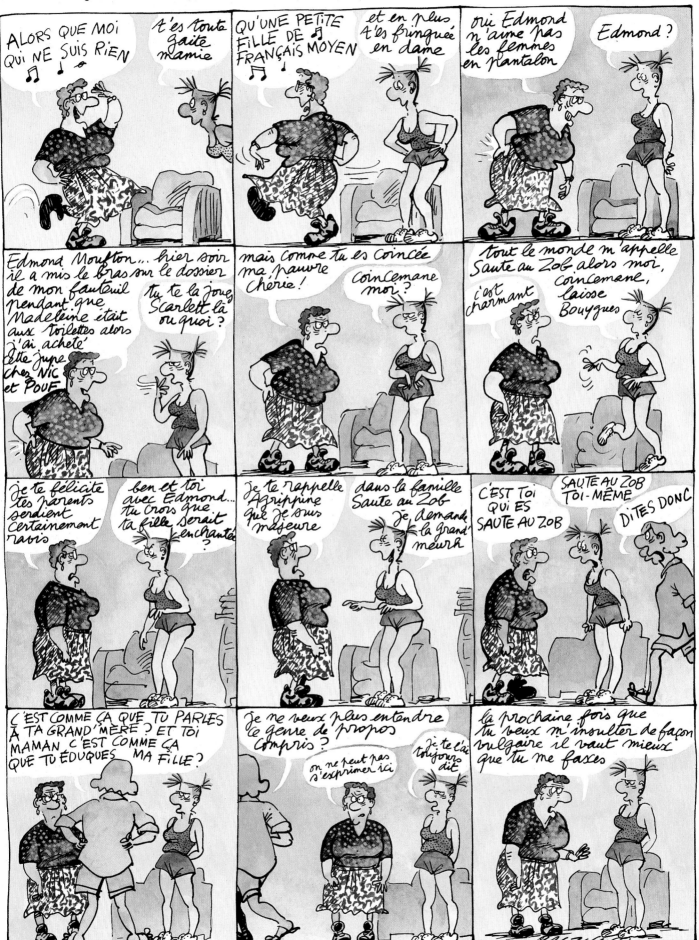

LA VOIX DU SANG

BREZECUCH

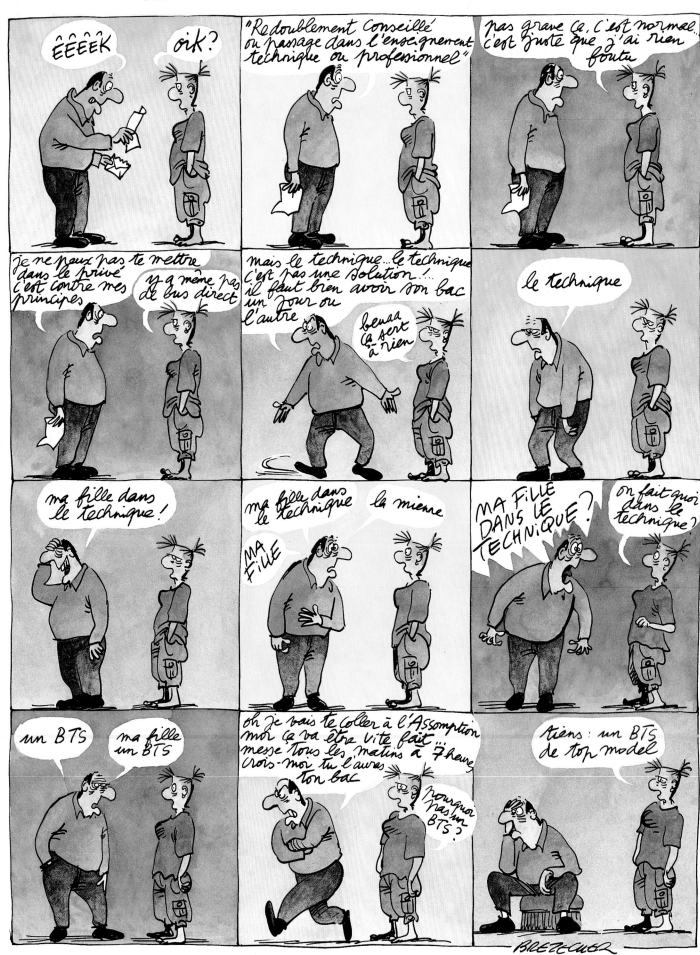

OMBRAGE

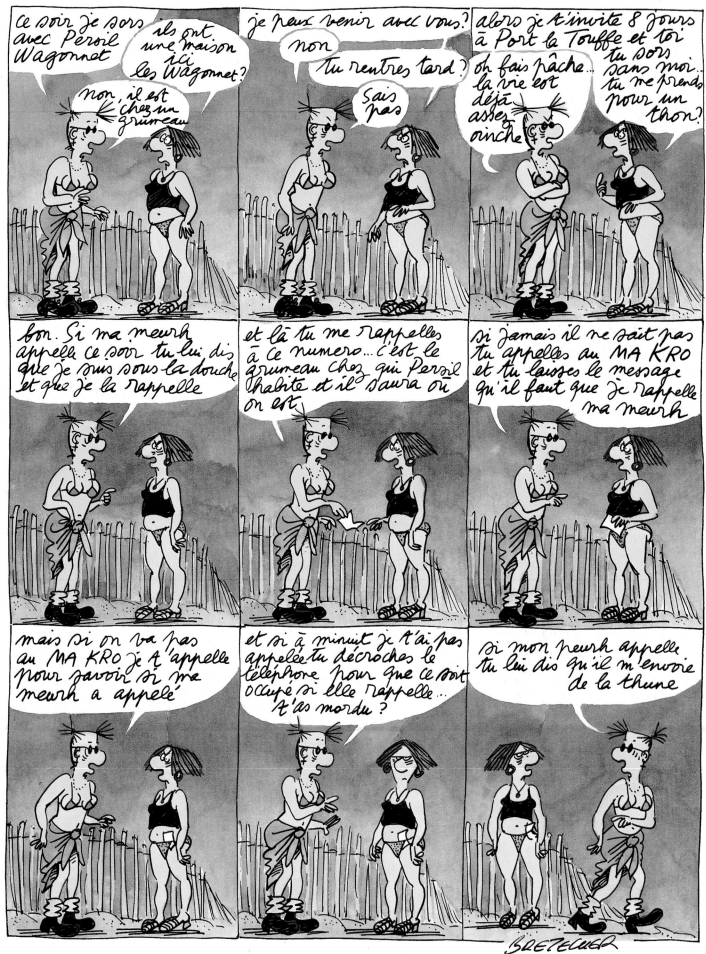

AU NOM DU FILS

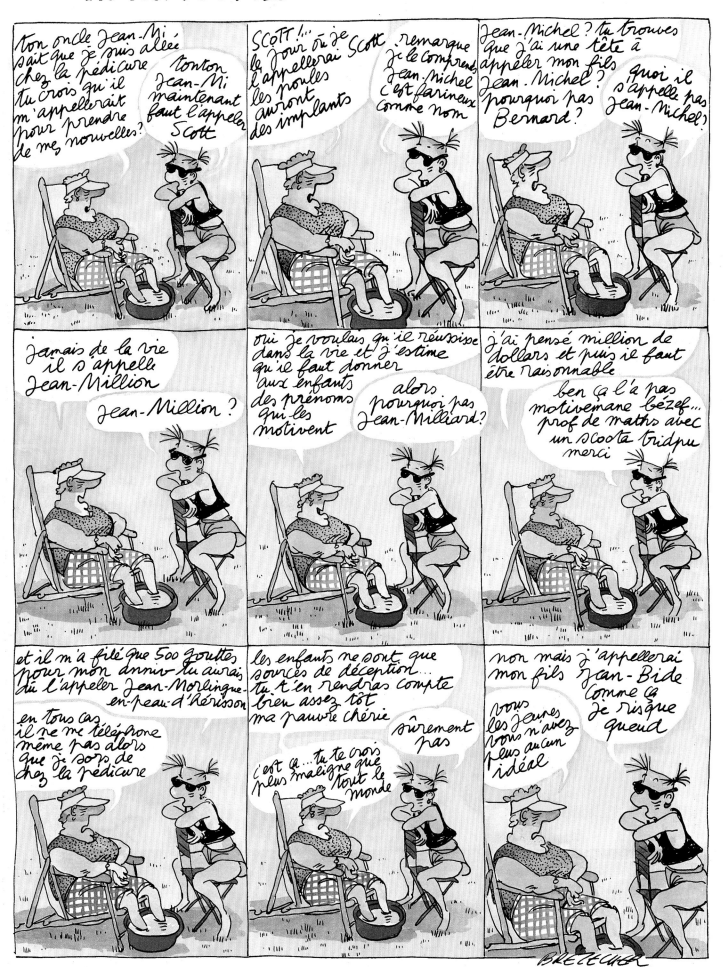

L'Étranger

du même auteur

Les frustrés
Les frustrés 2
Les frustrés 3
Les frustrés 4
Les frustrés 5
Le cordon infernal
Le bolot occidental
La vie passionnée de Thérèse d'Avila
Les mères
Le destin de Monique
Docteur Ventouse Bobologue 1
Docteur Ventouse Bobologue 2
Tourista
Agrippine
Agrippine prend vapeur
Les combats d'Agrippine

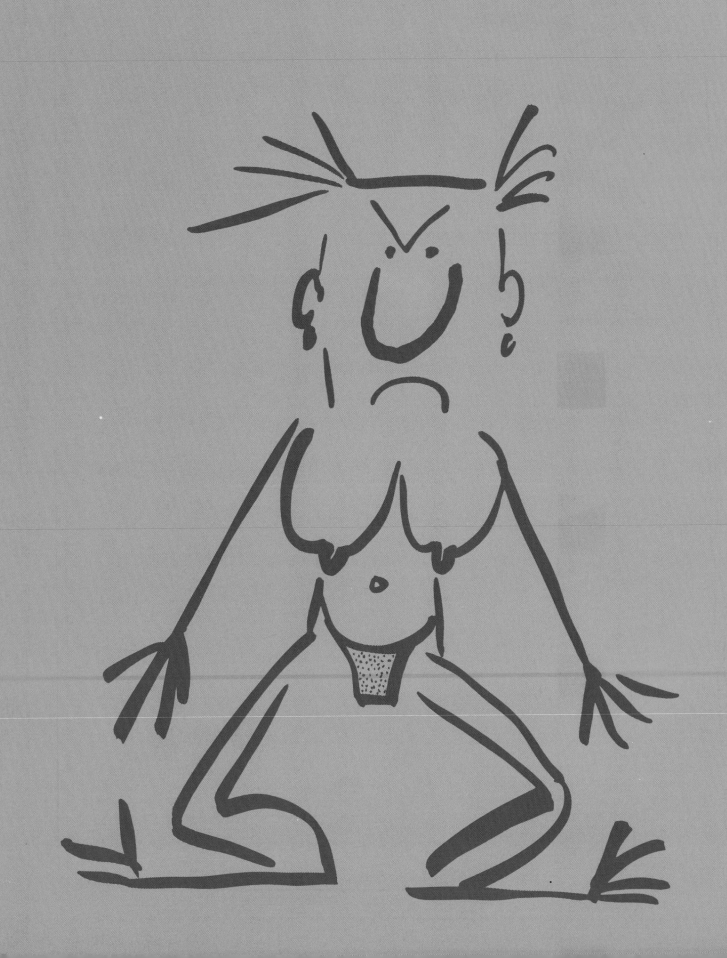